# はるが積み重なって

駒井喜久子詩集

土曜美術社出版販売

詩集　はるが積み重なって＊目次

I

## Ⅱ

## Ⅲ

# 詩集　はるが積み重なって

# I

# 少女

引っ込み思案で　泣き虫の少女

母親は心配して
大学の教務に学生の家庭教師をたのんだ
やって来た青年は座卓をはさんですわり
「清潔な人をとの注文だ　なかなか手ごわいぞ」
と　教務のことばを明るくつげる

白いシャツにグレーのズボン姿
好青年に見えた

少女はずっと俯き
でも　でもと繰りかえし
二人の説得に　首を縦にふらなかった

少女は　みていた
青年に　自信を
母親の声に　いろ　つやを

# その記憶

家が隣同士の彼女とは
高校まで同じ学校に通い
小学生のころ
チャンバラをして遊んだ
彼女はお姫さまで
わたしは若侍
彼女の弟を悪者に見立て
棒きれを振り回し

五年生の頃
わたしは幸せではないの　と
打ち明ける
反応は無く
心の奥は解ってもらえない　だから
二度とこんな話はしない

おばあちゃん子の彼女に誘われ
大晦日の夜
都心にあった
叔父さん家族と共に暮らす家で
初対面の人たちと
紅白歌合戦を観ている

不思議な記憶
よその家へ泊まりに行くような
開けっぴろげさは無く
それも
大晦日に

ずっと　時を経て
あれは
彼女の精一杯の気持ちだったかと

# 刻《とき》のはざま

「具合が悪くて　起き上がれない」という
息子の電話
一緒に救急車に乗って
頭の中は新型コロナが駆け巡り

サイレン音は
今の心配事をけ散らし
十五年前の
ほとんど意識のない夫を乗せた

あの朝で満たしていく

息子は大事に至らなかったが
暑くなるなか
再び増えつづける感染者

家に閉じ籠り
ソファーに横たわり
眸はうすく開け
意識は起きていて
背後で動くひとが見えている
昔の家族
部屋の片隅で
着せ替え人形に夢中な子

顔を覗き来て　唇かさねる人
顔を上げ　視まわせば
ぽつんと　ひとり

# まどろみ

数年越しの朝顔のこぼれ種
プランターから伸びる蔓
あふれ出し　狭いベランダの
室外機へ　ほかの植物へ
絡みつき
多くの花をつけ
三十一文字になって
青い唄をよみ
陽を受け　はずかしげに

身の内へと沈み込み

夫が帰ってくる
コートには
わずかに雪をちらつかせ
払いながら
帰ってくるなら
連絡をくれれば良いのに
ああ、とかすかにひくく
ずいぶん長く会っていない
どこに行っていたんだっけ
そうだった
もう　とうにいないのだ

いのちは星の欠片から生まれ
また　還ってゆく　という
肝心のこの星は
どこにむかっているのか

# 言葉は　ずっとそこに

玄関からつづく　廊下の奥
薄暗い片隅で
「わたしだって　よい子で
優しい子だ」と
自身につぶやく
小学生のわたし
口にし　訴えたいのだとは
思いもせず

時が経ち
精神を病み
晩年の入り口で
自死した母を
散りしく藪椿にかさね

言葉は生き続け

嘘偽りのない自分探し
十人ほどの合宿で
皆を前にして
身も心も
無防備な
子どもへと返り

大きな泣き声と共に
ほとばしり出る

わたしだって
よい子で　優しい子

# ぽっかり浮かぶ白い雲

畑や民家の点在する道をゆく青年

大事に携えているのは
児童相談所に強く要望し
後に送られてきた
二十三年前の新聞記事
臍の緒のついたまま
タオルにくるまれた赤子が
電話ボックスに置き去りにされ

すぐに保護され　乳児院へ
二歳で養子縁組をしたこと

道のさきには
今もある　公民館前の電話ボックス
手前で立ち止まり　じっと見つめ
胸の内でこだまするのは　ここ　ここ
ずっと　いらだつ父親を感じていた
成績表をまえに
俺の子じゃないから　頭が悪い
と言われたのは　高校生の時
嘘のない自分の土台が欲しい

赤子のことを

畑で作業している人や
近所の家で　訊ねた
みんな　覚えていて
手続きに走り回ってくれた人
名字は自分と同じにし
下の名は　懸命に考えて
健やかに育ってほしいと
忘れるはずがない

青年は　晴れた空に向かって叫んだ
おーい　雲
ぼくは　ここにいるよ

# 宇宙の流れ

人は右脳だけで生きていけるのか

左脳の機能を失い
ほとんど幼児からやり直した脳科学者
そのときの体験を
　個体としての輪郭が溶け出し
　宇宙と一体になって流れ出し
　満ち足りた全能感に包まれたと

もう何年も前のこと　　医者は言う
命取り留めても　ことば話せず理解出来ず
「でも人命第一ですから」　手術をしますよ

いったい　それはどういうことなのか
どんな人間が現れるというのだ
手術は成功し　しばらく低体温で　意識はまだ

囁いている
私には分からない　あなたが決めればいい
生きたければ　生きればいいし
死なないでくれと泣き縋ったりは　しない

白い頭骨には長いひび

手術のため　大きく膨らんだ顔
意識戻らず　脳内は濃い灰色に

あの時
あなたは宇宙の流れの中にいたのか

# 耳をすます

角を曲がると
公園に沿う道

早緑たちは　常緑樹さえ
そのやわらかさ　かがやき
わずかな色のちがいを競い
ツツジは大きな赤紫色で装い
園児の黄色い帽子
蝶を追い　駆けぬけていく

緑のなかに
ぽっかりあいた青い空
あの寒い二月に大きく刈られた
二本のプラタナス
新芽の見えない体をさらし
こびりつく鱗は
灰色から茶色にかわり

その向こうをゆく
映像でみた十七歳の少女
プラスチックの手製の銃を肩に
独裁者の元では生きられないと
かわいた土を踏み

木々の間を抜け
塹壕へとむかう

少女に
わが身を重ね

# その脚

連結部横に
大きなフードのベビーカー

にょきっと出てきた
両の脚
隣に立つ男性の膝を
開脚をしながら
何度も
激しく　打ちだした

何をそんなに
怒っているのか
男性は遠ざかり

青い運動靴の
浅黒い細い脚
どこの国の
ワンパク坊主か
見てはいけないものを
視てしまったのか

ベビーカーが向きを変え
電車から降りていく
中から覗くのは

ウェーブのきいた黒髪の
幼い少女　　それも
腹の底で唸るほどの
とびきりの美形

現実は思いの外
いつまでも
視ているんじゃないよ　と
蹴飛ばされそうだ

# 水路

流れは勢いを増し
ずっと先の　かつての砂漠は
緑におおわれ

きこえるのは
大地の
ささやき
かさねた地層のおく
深く　遠く　遥かに

つみかさねてきた　あゆみ
どこまでも刻まれ
たとえ
干からびようとも
水浸しになろうとも
伝えている
風をうけ　うたになり
時をめぐり　吹き来る

水路を守るのは
石を詰めた蛇籠
こりやなぎの根が
子を守るように
きつく抱え込み

先頭にたって
掘り起こしてきた人が
凶弾に斃れた
カメラマン兼監督は
誰が　という質問に
きっと　平和になったら
困る人がいるのでしょうね

愚かを繰り返す
わたしたち
それでも
おもい　つなぎ続け

# 途《みち》

今日は　中学時代の友の運転で
久し振りのフロントからの
眺めは　新鮮で
空は晴れわたり
色づきだした銀杏並木
どこまでも続き
彼方へと吸い込まれていく

今　ここという現実を

時に　大事なものを
さっと　置き去りにし
先へと急ぐ　車社会

駐車場からは舗装道を
八王子城本丸跡の
山頂部に向かう
鬱蒼とした樹木におおわれた
コンクリート製の鳥居が現れ
石段の奥には細い山道

数年前に大病を患った友
気遣い
歩幅を狭め　極力

ゆっくり　登る
それでも
振り返れば
思いのほか離れ

二十歳のころ
大きなリュックを背負い
東北や北海道へ
喧嘩をして
音信　途絶えたことも

行き先は決まっているが
それぞれの途次　念《おも》う

# 風車《かざぐるま》

太い縁で結ばれている兄弟でも
つまらぬ諍いで行き来細くして　時が経ち

あの日は広縁で　数人車座になり
硫酸使っての藍染液　無事に　夕風吹き抜け
親戚の家の場所を話す私
仲間が「それは私の実家」と

驚きの一瞬　どこかで風車が勢いよく回り出し

二十年近くの空白で
半年以上前から　ここ草木染教室で親しくなり

まさかの五歳年上の従姉妹から訊く父の事
祖母は父を産んだ後　結核患い　数年で逝き
父は実の母の温もり　ほとんど知らず

明治生まれの祖母　お針の先生として自活し
十六歳で初めての子を産み
再婚経て四人の子の母となり

下駄突っかけ　どこへ急ぐやら
歩調合わせ　風車が回る

# Ⅱ

# おんなたち

手捻《てびねり》で　口は大きく
内へとながれ落ちる釉薬
柔らかく　だまとなり

砂状《すなじょう》の粗い土
竹筆をはしらせ
風紋をより繊細にして

赤さび色で細く立ち

濃淡の中
かすかな斑点　白く

襟を立て　胸をはり
鋭角な文様　浮きたたせ

丸みを帯びた　肩さき
くびれた　胴まわり

おんなたち　あらわれ
あらくれた土　しずめ

# どこの生まれであろう

その石は

長い年月
地との触れ合いに明け暮れ
深く土色を染みこませ
大地の厳しさ　温かさを
内に取りこみ
飛び交う礫
荒れくるう風雨に耐え

表面にはざらつきを残し
片腹に破損を抱え
それでも

ようよう
緋色の座布団におさまり
瞑想する　生命《いのち》となり

# ある日

バスを降り　歩きだす
あの人たちは　いま

なじみの道のはずなのに
けしきが違う
街路樹は
すべての枝葉が刈り込まれ
丸い肩のつけねからは
わずかな　細く短い針の枝

黒く荒れたはだの
痩せこけたオブジェ

たしか
南京櫨
春には　ハート型風の若葉を茂らせ
秋には　中の葉から色づきだし
黄色　橙　赤　と
さまざまな色たちが揺れ
陽に照らされ
全身　真っ赤に燃えもして

空は　どこまでも
高く突き抜ける青さ

焼けこげたオブジェ　連なり
遠い地へとつながっている

# この近場の公園で

数日の病み上がりの身には
ほんの少し
辺りは清浄さをまし

小ぶりなプラタナスの幹は
地から力強く伸びあがり
四方　八方へ　枝を這わせ
何本もの細い枝には
残り少ない枯れ葉

空にむかい

幹のなかに
肉感的で　筋肉質な
キリンの胸から首
シマウマの尻から脚が
透けてみえ
均整のとれた
ギリシャの彫像や
女体の豊満さを抱え込み
いま　ここにしか無い
肢体をあらわにし
何もかもを潜ませ
深くで繋がり合い

季節は　わずかに進み

# ぬくもり

陽はあたたかく
十人ほどに囲まれ
ひとり　起き上がりこぼし

つむる瞳の
まなうらには
杉木立が浮かび
倒れるからだは
だれかの

両のてのひらに
受けとめられ
前方へ
押し返され
また　だれかの
てのひらに拾われ
空間へと押し出され

気分は白いボール
高く　軽やかに
まいあがり
杉と背くらべし
青い空が近づき
すぐそこに広がり

互いに　ためされ
まかせ
起点は
わずかな足の裏
弾力のある大地

# はる

細い　急な下り階段
一歩　踏み入れば
一瞬　体が仰け反るかと

甘い香り

ひたすら　梅の開花を待った
二十歳のころ
張りついていた

死へのおもい　数枚　こぼれ落ち
吹きさらしの畑道
頭から被るショールに
首　埋め
家路を急いだ

寝入りばな
揺れている
身構え
ここではないどこかで
東日本の　あの震災から
十三年

毎日　眼にする
報道写真
災害や　砲撃での
跡形もない住居

みて　きいて
容赦なく
触れてくるもの
躰の奥底に沈殿し

花の香　漂う
はる　が積み重なっていく

# 月のしずかな夜

山を抉った寺の境内
通路の左手には
高さ二、三メートルはあろう
岩の面がまっすぐにそそり立ち
見上げる先には
未だ　貧相な細い木
主根は行き場を失い
長く思い悩んだ末
横へ大きく　進路をずらし

何もない空中へと躍り出て
岩に沿うて
蛇になり
するっ　するっと
必死で
多少　得意げに

東の空が
紅く染まりだし
露わになるのは
何もまとわぬ
表面に細い皺をはしらせ
なかの繊維はスカスカの
白く垂れ下がる

いのち
再び　足下の
大地の中へ

# 時は　甘く苦く

朝露は
光を閉じ込め
夢をみる

わたしは
忘れさられ
葦に埋もれる
船着き場で
前屈みの背に

羽が生え
風に乗って
飛び立つのを
夢見しが

街路樹の
山法師を被う
白くかがやく苞
雪にも見え
常とは異にし
いつまでも
溶けも
風に飛ばされもせず
茶色く変色しても

居座りつづけ

まだ　暑い盛り
歩道をうめつくす
無数の赤い実
幾つか　拾い

膝を　かすめゆく
枯れ葉　微かに
蝶のにおい　放ち
そっと　掬い

暗いなか
開け放たれた窓より

差しこむ　薄き
月明かり
舟にして　漕ぎ出す
赤い実と　消え入らん命と

あるかどうか
わからぬ
明日にむけ

# 早春の城址

遠くスラブ地方で
突然　戦争がはじまり

昨年　登り切れなかった本丸跡
今　逃せば
体が動くのは　いつまで

北条氏照の山城は　一五九〇年
豊臣側に攻め滅ぼされ　焼き払われ

女や子も　自刃し　また
深く抉られた城山川に身を投げ
流れは赤く染まり
わずかに残った石積みも
四百年もの間　放置され
土くれや落ち葉に埋もれ続けた

足下ではスミレが咲きだし
アザミの鮮やかな若葉が
いち早く地を這い　陣を張り

眼下一面にひろがる八王子駅周辺
霞を透かしての満開の桜並木
都心や　横浜方面の海も見え

ご来光も少人数で眺められる
穴場　と　地元の男性

互いの胸底にあるのは
いつだって
明日はわからない
どこまでいっても
あるのは今

# 父子

白い桜の花びら
貝の粉末
混ぜ込んだ胡粉で
厚みをだし
浮き立たせ
金地の
雲にいざなわれ
一面に
咲き競う

障壁画
若者の
思う存分の
華やぎ
まきちらし
時ならず
さくらの精に恋われ
手指をからませ
二十代半ばで
散りゆき

後先の狂い
嘆いても詮なき父
並び置かれる

金地をバックの
楓の老木
おもいの丈　流れ固まり
黒く　太い　幹となり
足元には
紅葉、鶏頭、萩、菊
内に抱きかかえるは
花びらに包まれた
息子のおもかげ
埋め尽くす気骨
遥かに長き旅路
息子の影　背負い
多くの傑作を残し
出先の江戸にて

一本の松
霧につつまれ
すべては　一炊　と

からだの中を
桃山時代の風が
とおりぬけていく

# 野罌粟《ノゲシ》

アザミをひどく貧相にし
花は　タンポポを小さくすぼめ
何度も眼にしている

名を気にしたり
知りたいと思ったことはない
ノゲシと教えられ　わずかに
身のうちが赤らみ　うろたえ
長い間

自分の正体を
気にすることなく
知りもしないで
生きてきてしまった

群れているのを見かけもするが
たまに　路地の奥
アパートの白いモルタル壁よこで
ひとり
戦いに敗れ　逃れきて
体制を立て直し
色の失せた　壊れかかった
肩を辛うじてはり
息をととのえ

あちらと　こちら
同じノゲシで
見つめあい
地べたの下で
つながり合い

# Ⅲ

# 朱夏

強い陽射しの下
大地は干からび
畑のキャベツは黒く
一塊に

つかの間の涼風
麦わら帽子に
白いパラソル
くっきり浮かぶ影

追い続けてきた
便利で豊かという生活
陽炎になって
蒸発していく

小さな池は涸れ
シュレーゲルアオガエルの
ころがる声
途絶え

突然
空は暗く
吹きつけるみぞれ

干上がった大地は
一瞬
異物の水分を拒み
たじろぎ

青い空　戻り

はしゃぐ声
地から湧きあがり
土手の上に現れる
黄色いキャップ帽の
保育園児たち

子らのやわらかさ
なつかしく　せまり
すぐ隣で
しずかに始まる変容

# 秋いろ

風はないのに
足元をあっちへ　こっちに
ころがり
まとわり付く枯れ葉
よく視れば
ヒカゲ蝶
最後の力ふりしぼり
這うような
小さなジャンプ　繰り返し
山茶花の垣のなかへ

山法師の葉が一枚　落ち
続けてもう一枚
ふらっ　とよろけて
それは　吹き溜まりに
翅ひろげ横たわる
黄色に黒い模様の
ツマグロヒョウモン
吹きだした風に
身をまかせ
かすかに波立つ翅

傾きだした陽が
遠く　みつめている

# 夏の日

百円ショップの
すだれ
室内のカーテンレールに吊るす
途端に　大きな水槽になり
尾ひれをゆらし　泳ぐ
わたしは
あかい　小さな
金魚

覗く　ベランダには
紗がかかり
風のなか
陽が跳ね踊り
つられて
ルリマツリや
南京ハゼの葉も
浮かれて舞い
うらやましく
すだれをつつき
絡まり合う枝の中に
黄色い蝶が入り込み
しばしの　休息
草地を夢見ているのか

住むところは違うが
一歩　ふみだし
赤い色が黄色に
キスをする
きっと素敵なこと
一度ぴくりと躰ふるわせ　でも
何も気付かず　眠っている

青い空には
白いイルカ　群れをなし
かくれていた
てんとう虫
小さな翅　ひろげ
飛びだす

# 貴重な出会い

遊水池も兼ねた公園には
多くの樹木

小さくちぎった
和紙が　一枚
頭上たかく
ひらひらと
急いでいるのだと
せわしく

シロチョウに似てはいるが
色も形も
たよりなく
この世ならぬ処から
迷い込んできたのか
あっという間に
数を増やし

行く手の茂みには
ミズキの巨木
葉っぱに空けられた無数の穴
暗く　不気味な洞となり
全体を覆い
浮かぶ言葉は

# 悪魔

毒は無いのに
キアシドクガと呼ばれ
春先　卵が孵り幼虫となり
ミズキの葉を食べ　さなぎになり
成虫に口はなく
二、三日のいのち
飛び回る姿を眼にするのは
二週間ほど

今しばらくは
わたしの中で白い妖精となり

# いっしょにいる

空は青く
オレンジ色を覗かせ
クロアゲハがとんでいる

保育園のフェンス脇
小型の送迎バスの周りを
ゆっくりと　飛びはじめ
地面に映る影も　ともに
動き

高く　低く
速く　緩め
窓　たたく
影に
近づき
車体に触れながら
激しく　大きな翅を
からだ全体をふるわせ
いつまでも

幼子　ひとり
何時間も　バスに
閉じ込められ
通路には　脱がれた

ブラウス
座席には　からの
水筒

フェンスそばに
供えられる　花
多くの　ペットボトルの飲みもの
片隅に
じっと　翅をひろげる
クロアゲハ蝶

# 魅せられ

親子の視線の先には　車道で翅休める蝶*
白地に　葉脈かのような黒い線
後翅の縁には鮮やかな赤い斑紋　数滴
思い切って　翅　摑み

母親が娘たちに触ってみろと促す
二人は　駄目　無理とたじろぎ
　ああ　皆そうなのか
　小さいけれど異質の命に怖気づき

指の感触は　あまりにも繊細で
目を瞑れば　そこには何も無く
ビロード様の感覚が微かに

命本体の頭　胸　腹からは毛が疎らに生え
柔らかき中に毛虫のごとき気味悪さ
この体内からは何色の液体迸るのか
赤か　いや緑か茶　　怪しげな想念持ちあがり

好奇の極み行き着けば
その正体の何たるか
少しでも知りたいと小さく切り刻み

得も言えぬ美しさ装い　人を狂わせん

＊　アカボシゴマダラ

# うなばら

見あげれば
歩道にまで枝を拡げる
満開の　大島さくら
なかに　うごくもの

丸い小さな
サカナが
泳いでいる
花びらのなかを

浮き沈みしながら
何匹もがひしめき合い

瞳が
ようやく　はっきりと
メジロの姿をとらえ
とたん
羽音をたて
二、三十羽　いっせいに
道へだてた　向かいの
常緑樹にもぐりこみ

一瞬におとずれる
もとの　しずかさ

さくらの　うなばら
ゆらしてしまった
瞳

# あのこ

どこのこ
姿は見えないけれど
ないている

南側で　北に回って
落ち着きなく
舌足らずのさえずり

遠く　こもる声

迷子になっている
幼いわたしか
いや　大人になって
圧倒的な力をふりかざし
泣かしてしまった子

さんざん飛び回り
窓にぶつかり
ベランダにおち
壁際ぎりぎりに見える
戸惑う　黒いひとみに
床面に広がる茶色い羽

建物のかげで

ないている
お腹を空かし
いじめられ

ホー　ケキョと
ようやく
竹藪に飛んでいく

# ひるがえる

温帯低気圧に変わった台風
広く強風をもたらし

日傘は　おちょこになり
黄ばんだ木の葉が
風に運ばれ　前方から
真っすぐ　面とむかって
ぶつかってくる

眼のまえで
急ブレーキをかけた葉っぱ
鮮やかにひるがえり
「これが　わたし」と
黄アゲハ蝶　姿あらわし
右に　左へ
舞いながら
風にのり
うながし　さそい

傷つき
ながく　癒えず
がまんし続け
閉じ込められてきたものたち

飛びださんと

わたしも
一歩
ジャンプして
坂道を歩き出す

# あとがき

この度、一区切りの思いもあり、拙詩集を上梓することにいたしました。統一性があるわけでも、向かう先がはっきりあるわけでもない作品たちになっております。また、皆様の鑑賞に堪えうるものなのか、今頃になって危惧しております。

詩の世界で、最初にお世話になった比留間一成先生がお亡くなりになられて後、こわごわ参加するようになったのが「詩と思想研究会」です。忘れもしない。初めての参加は、二〇一八年の四月。あれから今年の初夏まで、様々な事がありました。思いもしなかった事の連続で、ますますとの感が否めません。少しでも静かな世界になって欲しいと願わずにはおられません。

掲載作品のなかには、これまでに何らかの形で活字になったものも多々あり、手を加えたものもあります。

わたくしが今ここにいられるのは、比留間先生の「続けること」というお言葉に始まり、今も続いている「ひるま会」のお仲間たち、詩誌「晨」のお仲間たちのご指摘、ご助言に助けられてのことです。毎月の「詩と思想研究会」の講師、中井ひさ子様と花潜幸様には、ひとかたならぬご指導、ご助言を頂きました。またさらにお仲間たちからのご指摘もあっての今日であると、深く感謝しております。

詩集の上梓にあたりましては、土曜美術社出版販売社主高木祐子様、ならびにスタッフの方々に何もかもお世話になり、感謝あるのみでございます。また、素敵な装幀をしていただきました直井和夫様に御礼申し上げます。

二〇二四年八月

駒井喜久子

## 著者略歴


**駒井喜久子**（こまい・きくこ）

1949年　東京都武蔵野市生まれ

著書　随筆『帳尻合わせ』（1994年）
　　　詩集『裸木』（土曜美術社出版販売　2011年）
　　　私家版詩集『日溜りの中へ』

所属　日本詩人クラブ　会員
　　　詩誌「晨」「ひるま会」 同人

住所　〒216-0033　神奈川県川崎市宮前区宮崎 1-13-14-502



詩集　はるが積《つ》み重《かさ》なって

発行　二〇二四年十月十五日

著者　駒井喜久子
装幀　直井和夫
発行者　高木祐子
発行所　土曜美術社出版販売
〒162-0813　東京都新宿区東五軒町三―一〇
電話　〇三―五二二九―〇七三〇
FAX　〇三―五二二九―〇七三二
振替　〇〇一六〇―九―七五六九〇九
DTP　直井デザイン室
印刷・製本　モリモト印刷
ISBN978-4-8120-2862-9　C0092